LA DUÈGNE

ET

LE JUIF PORTUGAIS,

FARCE EN TROIS ACTES, POUR LE CARNAVAL;

Par B. SHERIDAN, Membre du Parlement,

TRADUITE

Par A. H. CHATEAUNEUF.

SECONDE ÉDITION.

PARIS,

CHEZ HUBERT, LIBRAIRE,

PALAIS-ROYAL, GALERIE DE BOIS.

1827.

OUVRAGES

DE M. DE CHATEAUNEUF,

QUI SE TROUVENT CHEZ LE MÊME LIBRAIRE.

	fr.	c.
Médisance et Scandale.	1	25
Les Rivaux anglais.	1	25
John Bull, par Colman.	2	
Histoire des Favorites; 2 vol.	6	
Les Divorces, ou l'Infidélité conjugale punie par les tribunaux anglais : ouvrage tout historique, piquant pour les gens du monde; 3 vol. in-12. .	9	

SOUS PRESSE.

Alexandre, empereur de Russie; 2 vol. in-18 grand raisin.

Histoire de Philippe d'Orléans, Régent de France, divisée en trois parties : ses campagnes, son gouvernement et sa cour; 2 vol. in-18 grand raisin.

Maisons et noms historiques de France, 1 vol. in-8º.

IMPRIMERIE DE A. CONIAM,
FAUBOURG MONTMARTRE, N. 4.

A M. ÉTIENNE,

AUTEUR DES DEUX GENDRES.

Monsieur,

Je dédiai à Tronchet l'histoire des grands capitaines. Ce jurisconsulte, proclamé, en 1800, le premier de France par le vainqueur d'Italie, avait montré un esprit sage et conciliant au sein des factions, comme Atticus, à qui Cornelius Nepos adressa ses hommes illustres. L'hommage d'un livre n'est plus une adulation quand il est si juste; celui de la Duègne ne l'est pas moins. Ce n'est pas Shéridan, mais son faible imitateur qui a besoin de l'appui d'un nom célèbre. Député, il prononça, comme vous, des discours pleins d'élégance. Il fit d'excellentes comédies en prose : vous avez sur lui l'avantage d'avoir écrit les vôtres en vers. Il était Whig, et n'en fut pas moins estimé des Torys, même de Burk et de Pitt. C'est un exemple d'équité que nous imiterons peut-être un jour des Anglais. Mais comment ce grand orateur descendit-il jusqu'à faire des opéras-comiques? Faut-il l'avouer? Il croyait que ces bagatelles survivraient à ses plus beaux discours. Il voyait l'aile rapide du temps emporter les souvenirs et les triomphes politiques avec cette éloquence de la tribune qui, souvent chez les Anglais, couvre la médiocrité de l'écrivain. Rarement accordait-il quelque estime à un ouvrage qu'un événement ou l'opinion dominante avaient produit; il voulait qu'on traitât un sujet ancien. C'était, suivant lui, la seule pierre de touche du talent, au milieu des partis. « On a oublié, » me disait-il, les négociations et les traités moraux ou » politiques de Pétrarque; mais ceux qui ont du goût » liront toujours ses poésies ». C'est le sort réservé à vos ouvrages dramatiques, qui délassent, le soir, Paris de la triste politique du matin. Ils vous assurent l'indépendance et la fortune, rare apanage du génie.

Agréez, Monsieur, mes respects, avec le regret de ne pas signer d'un nom digne de vous ce faible et sincère hommage.

CHATEAUNEUF.

VINGT LIGNES

sur

SHÉRIDAN [*].

Byron a dit que Shéridan était l'auteur du meilleur discours prononcé au parlement, de la meilleure comédie, de la meilleure ode, du meilleur opéra et de la meilleure farce de la langue anglaise. Cette farce est la duègne. Le rôle de juif ajouterait peut-être à la réputation de Potier, et de tout acteur comique sur un grand théâtre. Je destine cette drôlerie aux mêmes comédiens qui ont déjà représenté médisance et scandale. Il y a un changement à vue au milieu de chaque acte moins difficile à exécuter que ceux de zémire et azor, ou de la belle arsène. Ces changemens, qui blessent les règles d'Aristote, sont précisément ce qui charme les spectateurs anglais. Plus les décorations se succèdent, plus une comédie ou une tragédie leur paraît animée. Talma étant à Londres, il y a sept ans, témoigna à Kemble sa surprise de cette violation de nos règles. L'acteur lui répondit : « Les Anglais ressemblent aux enfans, qui ne sortent point contens du spectacle s'ils n'ont vu beaucoup de décorations ».

La duègne, réduite à l'unité de lieu, aurait perdu en mouvement, en surprise; on n'eut point vu, en France, une pièce anglaise sans le voyage de Londres.

Si la duègne est jouée à Versailles, on peut prédire ce qui est arrivé à médisance et scandale en cinq actes; elle sera arrangée, avec des couleurs fausses, pour un théâtre des boulevards.

---

[*] Je traduisis trois de ses comédies sous ses yeux.

LA DUÈGNE.

ACTEURS.

LA DUÈGNE *.
DOM JEROME.
FERDINAND, son fils.
LOUISA, sa fille.

ANTONIO, son amant.
CLARA.
ISAAC, juif **.
CARLOS, son ami.

LOPEZ, valet.
DOMESTIQUES.
SUIVANTES.

La scène est à Séville.

ACTE PREMIER.

(Le Théâtre représente un salon de Dom Jérôme.)

SCÈNE PREMIÈRE.

FERDINAND, LOPEZ.

LOPEZ. Toutes les nuits, faire le guet, quand vous faites l'amour sous la croisée !

FERDINAND. Cruelle Clara ! ne se décider à rien dans cette circonstance ! n'est-elle pas obstinée ?

LOP. Capricieuse ?

FERD. Quel dédain dans son regard, mais que de charme dans le sourire !

LOP. Oh ! ce maudit sourire a tout perdu... Voici dom Antonio.

FERD. Laisse-nous seuls.

SCENE II.

FERDINAND, ANTONIO.

FERDINAND. C'est demain que Clara entre au couvent. Cette nuit, à son insu, j'ai pénétré dans son jardin. Si vous aviez vu sa fureur ! Elle m'a menacé d'éveiller sa marâtre si je ne la quittais à l'instant.

ANTONIO. Enfin ?

FERD. Sorti tremblant.

ANT. C'est tout ! mais dites-moi, lui avez-vous laissé la fausse clef ?..

---

* La Duègne doit avoir un léger duvet noir au menton.
** Le Juif a d'énormes favoris.
A défaut de costumes espagnols, l'habit français suffit pour les hommes.

FERD. La suivante qui m'avait conduit l'a gardée.

ANT. C'est qu'un moment après Clara vous a suivi.

FERD. Moi ! un rival peut-être. . . Vous avez soupiré pour elle ?

ANT. Je ne fus pas aimé, et dès-lors je ne la trouvai plus jolie. D'ailleurs, n'est-ce pas une sécurité que ma tendresse pour votre sœur ? Secondez-moi.

FERD. Cela peut-il s'accorder avec l'honneur de notre famille ? Point d'enlèvement.

ANT. Mais, vous-même, ne voulez-vous pas fuir avec Clara ?

FERD. C'est différent ; nous ne voulons pas que l'on fasse à nos femmes ou à nos sœurs, ce que nous faisons à celles d'autrui..... Demain, Clara.....

ANT. Demain, votre père oblige Louisa à épouser le juif portugais.

FER. J'entends du monde, sauvez-vous : c'est la duègne.

SCÈNE III.

LOUISA, LA DUÈGNE.

LA DUÈGNE, appelant. Pst ! pst ! tout est préparé.

LOUISA. Vous avez formé un plan pour ma fuite !

LA D. Souvenez-vous qu'après le succès, vous me résignez vos droits sur Isaac. J'entends votre père ; vîte, rendez-moi la dernière lettre d'Antonio ; elle doit causer mon renvoi. Je vais la cacheter, comme si je ne l'avais pas remise.

SCÈNE IV.

DOM JÉROME, FERDINAND, LOUISA.

JÉROME. Vous avez donc, avec vos sérénades, troublé la paix de nos voisins ! Mauvais exemple pour votre sœur ! Ma fille, je vous présente Isaac Mendoza aujourd'hui, et vous l'épousez demain.

FERDINAND. Je m'étonne, mon père, que vous puissiez songer à cet homme pour gendre ; il est portugais.

JÉR. Non, mon fils ; il a renié son pays.

LOUISA. Il est juif.

JÉR. Autre erreur ! il est chrétien..... depuis six semaines.

LOU. Je le hais.

JÉR. Le mariage produit un grand changement.

LOU. Hors ce point, comptez sur mon obéissance.

JÉR. Eh bien ! je vous relègue dans ce salon, et je ne ferai plus un pas sans vous laisser sous clefs et verroux.

SCÈNE V.

JÉROME, FERDINAND.

FERDINAND. Il n'est pas un être au monde que je ne préférasse
à ce maudit agioteur, à ce vampire, dont l'embonpoint s'en-
graisse, à la Bourse, de la maigreur d'autrui. Qu'eussiez-vous
éprouvé à notre âge, traversé dans votre inclination?...

JÉROME. J'avoue que j'eus une très-grande *inclination* pour
les ducats de votre mère; mais ce fut tout, mon cher fils. Je
l'épousai pour sa fortune; elle me prit pour obéir à son père.
Jamais l'un n'attendit de l'amour de l'autre. Nous arrivait-il
de nous plaindre? dans un moment c'était fini; nous n'étions
pas assez amoureux pour avoir des querelles... Mais je vais
prendre la clef de ce cabinet; ainsi donc, bon sujet, si vous
avez un conseil à donner à votre sœur, qu'il soit bref : profitez
du temps, entendez-vous. (Il sort.)

FER. seul. Louisa a de la fermeté; l'injustice de mon père
va l'enflammer. Une femme n'aime bien un homme qu'après
avoir souffert pour lui. Mais quel bruit! écoutons.

SCÈNE VI.

LA DUÈGNE, DOM JÉROME, la lettre d'Antonio à la main, poursuivant la Duègne.

JÉROME. Tu méditais l'évasion de ma fille!

LA DUÈGNE. Puisque vous m'avez arraché cette lettre, je ne
désavouerai pas le complot. J'aime les tendres passions; je suis
sous le charme quand je les favorise.

JÉR. Les tendres passions! avec ta face large et la taille d'un
grenadier! quitte ma maison à l'instant.

LA D. Vous n'allez pas retenir mes hardes?

JÉR. Je te pris avec ta garde-robe sur le dos. Qu'as-tu esca-
moté chez moi?

LA D. J'ai laissé des effets d'un certain prix... outre mon
manteau et mon voile.

JÉR. As-tu peur de ternir ton teint? Fais donc tes adieux;
(Elle sort.) prends ton voile et ton manteau; presse-toi. Oh!
quel supplice d'avoir une fille!

SCÈNE VII.

LOUISA, habillée comme la duègne, avec un manteau et un voile; JÉROME.

JÉROME à part. L'adieu a été tendre, à ce que je vois. (Haut,)

Cachez-bien votre tête; pleurnichez; je n'entendrai pas un mot d'excuse. Par ici, par ici.

LA DUÈGNE, épiant. À merveille. Allons nous équiper sur-le-champ. (Elle sort.)

JÉR. Grâce au ciel, m'en voilà délivré, et je peux enfermer ma fille dans sa chambre, avec pleine sécurité! (Il sort.)

SCÈNE VIII.

(Le Théâtre représente une place publique.)

CLARA, SA SUIVANTE.

LA SUIVANTE. Où c'est-il donc, madame, que vous voulez aller?

CLARA. Partout où je fuirai la violence d'une marâtre et les imprudences de Ferdinand.

LA S. Mais, puisque nous avons dû à la fausse clef de Ferdinand le bonheur de nous échapper, si nous allions l'en remercier?

CLA. Il m'a trop offensée.

SCÈNE IX.

LOUISA et LA SUIVANTE, CLARA, dans le fond.

LOUISA. J'ai brisé mes chaînes! mais comment retrouver Antonio? Enverrai-je chez Clara? elle est mon amie... mais si prude!

LA SUIVANTE DE CLARA, à part à sa maîtresse. Louisa vous cacherait chez elle.

CLARA. Elle a une idée si sévère du devoir filial! elle me trahirait.

LOU., à part. Clara a le cœur si calme. (Se retournant avec surprise.) Ah!... des femmes! et Clara parmi elles!

CLA. Louisa déguisée aussi!

LOU. Vous seriez encore plus surprise si j'avouais que je viens de quitter la maison de mon père.

CLA. Je vous gronderais si je ne m'étais évadée à l'instant; mais, où irez-vons?

LOU. Chez ma tante; elle approuve mon amour pour Antonio. Regardez...   (Isaac se promène.)

CLA. L'étrange figure!

LOU. Je devais l'épouser demain, et il ne me connaît pas. Mais je l'ai vu si souvent, à travers ma jalousie, pendant ses visites chez mon père! Voulez-vous me permettre de prendre votre nom! j'ai un dessein.

CLA. Volontiers... Je n'ose m'arrêter plus long-temps. Gardez-vous de dire à votre frère que je suis dans la rue Verte, n° 5o.

LOU. Voilà qui est précis; et vous ne voulez pas qu'il vous trouve? (Clara et sa suivante se retirent.) Il a fini de s'admirer; il avance de plus près.

SCÈNE X.

ISAAC, CARLOS, LOUISA, SA SUIVANTE.

ISAAC, se regardant dans un miroir de poche. Sans ce bel habit, Carlos, avec mes grâces, je me trouverais fort agréable. (Il apperçoit Louisa.) Une jeune personne !

LOUISA. Monsieur, seriez-vous assez généreux pour protéger une femme qui implore votre appui? (Elle ôte son voile.)

IS. Très-jolie, les yeux noirs. Voulez-vous, madame, pour première faveur, me dire votre nom ?

LOU. , (à part). Mentons. (Haut.) Clara d'Almanza.

IS. Fille de dom Gusman ?

LOU. Vous avez trop d'honneur pour trahir une femme dont l'amour est l'excuse.

IS. Vous décéler, madame, non; il n'y aurait rien à gagner. Ainsi comptez sur ma probité. Quant à l'amour, je suis engagé; il m'est impossible de vous faire honorablement ma cour, et si c'était pour autrement, vos frères ou vos cousins viendraient me couper la gorge pour cette honnêteté.

LOU. J'ai engagé ma foi à Antonio. . .

IS. Carlos, Antonio, est mon rival. Si je l'occupais avec cette donzelle?

CARL. Excellent !

IS. Donna Clara, voulez – vous vous confier à mon ami? Conduisez madame à mon hôtel. Excusez-moi; dom Jérôme m'attend. Peut-être connaissez-vous Louisa, madame; elle est divinement belle, n'est-ce pas?

LOU. Pardon, si je ne me joins pas à l'éloge.

IS. Carlos, trouvez vîte Antonio. Oh! c'est bien la plus heureuse idée. Donna Clara. (Il la salue.)

LOU. Songez à tout ce que je vais souffrir, seule et loin de mon amant.

IS. Madame, mon ami sera votre protecteur et votre guide.

ACTE II *.

(Le théâtre représente la bibliothèque de dom Jérôme.)

SCÈNE PREMIÈRE.

DOM JEROME, ISAAC.

JÉROME. Ah! ah! ah! disparue de chez son père! pauvre dom Gusman !

ISAAC. C'est moi qui la conduirai chez Antonio. Je le tiens. Ils ne peuvent me troubler avec Louisa.

JÉR. S'en laisser imposer par sa fille!

IS. Les voilà toutes ; elles ont les ruses du serpent.

JÉR. Avec les sots. Pourquoi donc Louisa ne me joue-t-elle pas ce tour-là ?

IS. La plus habile de son sexe ne m'en donnerait pas à garder . . . Mais allez-vous me présenter ?

JÉR. J'ai fait le serment de ne pas la voir tant qu'elle sera indocile.

IS. C'est que rien ne m'interdit comme une beauté parfaite... la laideur, du moins, a je ne sais quoi qui encourage.

JÉR. Sa beauté va vous frapper ; elle est un vrai prodige. . . Vous verrez des traits, un œil semblable au mien... Elle a je ne sais quoi de spirituel et malin qui annonce qu'elle est ma fille.

IS. Vrai ?

JÉR. Quand elle sourit, elle a, comme Hébé, un petit trou sur une joue. C'est une beauté ; néanmoins il vous sera difficile de décider laquelle est la plus jolie, de la joue avec sa fossette, ou de celle qui n'en a pas.

IS. Ah! ah!

JÉR. Le plus frais incarnat des roses se fond sur un léger duvet. . . C'est la délicatesse unie à l'éclat de la santé.

IS. Achevez.

JÉR. Sa peau est un vrai satin blanc de neige.

IS. Quel portrait ravissant !

JÉR. Soyez vif, subjuguez. Laurette, amenez Louisa.

SCÈNE II.

ISAAC, LA DUÈGNE, habillée comme Louisa.

ISAAC. Sa beauté va glacer ma langue si je lève les yeux.

---

* Le deuxième acte peut être partagé en deux fort courts.

LA DUÈGNE. Monsieur....

IS. Ce n'est pas là du dédain.

LA D. Approchez; voilà une chaise.

IS. Qu'une dame si aimable daigne tourner ses yeux sur moi. (Il lui prend la main , la retourne et la regarde.) (A part.) Dian—tre ! ce n'est pas Louisa ! elle est aussi vieille que ma mère.

LA D. Mes préventions contre vous ont cédé aux ordres de mon père.

IS. , (à part.) Que certains parens sont aveugles !

LA D. Monsieur Isaac !

IS. , (à part). Elle a les traits tant soit peu masculins. C'est heureux que toutes mes affections soient pour sa fortune.

LA D. Pourquoi ne pas vous asseoir? (Elle s'assied.)

IS. Pardon , madame , je ne suis pas bien remis de ma sur—prise , (à part). Elle a la fossette du diable , c'est certain.

LA D. Tourmentée par mon père, j'ai donné quelque es—poir à Antonio. On vous avait peint si différent de ce que vous êtes.

IS. Et vous aussi, madame.

LA D. Mais, dès que je vous ai aperçu, j'ai été frappée d'é—tonnement.

IS. Comme moi.

LA D. Vous vous attendiez à me trouver hautaine et re—vêche; on m'avait dit que vous étiez petit , gauche avec les femmes.

IS. , (à part). Plût au ciel que son portrait répondît de même à mon attente !

LA D. Mais vous avez l'air noble, l'œil pénétrant et le sou—rire enchanteur.

IS. En regardant de nouveau, je ne crois pas qu'elle soit si laide.

LA D. Vous ressemblez si peu à un juif et tant à un mar—quis !

IS. , (à part). Il y a du charme dans le son de sa voix. Ces lèvres charmantes disent de si jolies choses, puis—je. . . . . (il l'embrasse), (à part.) elle a un petit duvet sur les joues , c'est certain.

LA D. Vous devriez vous défaire de ces vilains FAVORIS.

IS. Un coup de rasoir ne serait pas mal. . . . (à part.) pour nous deux (*).

LA D. Vous avouerai-je que j'ai fait le serment de ne pren-

---

* Si cette plaisanterie est trop forte, l'acteur peut la supprimer.

dre jamais un mari de la main de mon père? mais si vous avez l'adresse de m'enlever, je suis à vous.

is. Hum !

la d. Vous hésitez !

is. , (à part). Si je la prenais au mot, j'aurais sa fortune ; je trompe mon rival et le père aussi.

la d. Eh bien ! Monsieur, quelle est votre résolution ?

is. J'adhère avec joie à ce que vous proposez.

la d. N'obtenez que la faveur de nous promener au jardin.

is. Ce jour même vous serez hors de son pouvoir.

(Une femme de chambre entre et dit .)

Un monsieur demande à parler au seigneur Isaac.

is. C'est un fidèle ami, madame ; qu'il entre !

SCÈNE III.

CARLOS, ISAAC, LA DUÈGNE.

carlos. J'ai laissé Clara chez vous.

isaac. Carlos, j'ai réussi.

carl. Où est votre maîtresse ?

is. Là, là.

carl. Elle est diablement laide.

is. Chut !

la d. Que dit votre ami ?

is. Il exprime son ravissement, à la vue de vos charmes.

la d. Souvenez-vous du plan.

is. Il est fixé là, comme l'image de votre beauté, (à part). Son frère ! Écoutons.

SCÈNE IV.

JÉROME, FERDINAND.

jérome. Ce que j'objecte contre Antonio ? sa pauvreté. Pouvez-vous l'absoudre de ce défaut ?

ferdinand. J'avoue qu'il n'est pas très-riche ; mais sa famille est aussi ancienne que pas une qui soit dans Séville.

jér. Les gueux sont d'une famille très-ancienne dans tous les pays ; mais qui les recherche !

ferd. Il a mille aimables qualités.

jér. Sans doute ; il est étourdi, libertin : il a dissipé son patrimoine. La noblesse sans fortune est comme une belle broderie sur un habit rapé.

FERD. Ce langage conviendrait mieux à un marchand de Londres ou d'Amsterdam qu'à un Espagnol.

JÉR. C'est vrai ; cependant, ces boutiquiers, comme vous les appelez, sont le peuple le plus sage. Ignorez-vous, maître sot, que les Anglais, en fait d'alliances, furent jadis ce que nous sommes. Mais il y a long-temps qu'ils ont découvert combien l'or purifiait la source d'où il vient, et ils ne font attention aux généalogies que dans l'emplète de leurs chevaux.

SCÈNE V.

ISAAC, Les Acteurs précédens.

JÉROME. L'avez-vous fléchie ?

ISAAC. Elle a été plus douce que je ne l'espérais.

JÉR. Vous avez été supris ?

IS. Très-surpris. Mais quel âge a-t-elle ?

JÉR. Attendez.... huit et douze.... vingt ans.

IS. Hum !

JÉR. A un mois près.

IS. Alors, sur ma parole, elle est la fille de vingt ans la plus vieille de Séville.

JÉR. Louisa a la figure de la famille.

IS. Oui, vraiment ; je l'eusse prise pour une figure de famille, (à part). Et fort ancienne dans la famille.

JÉR. Elle a les yeux de son père.

ISA. , (à part). Et si elle avait les lunettes de sa mère, elle n'en verrait que mieux.

JÉR. Le nez de sa tante Ursule, et le front de sa grand-mère, exactement.

IS. ; (à part). Et la peau de son grand-père, EXACTEMENT.

JÉR. Si elle était plus docile...

IS. Sérieusement, dom Jérome, croyez-vous que votre fille soit belle ?

JÉR. Si des dents d'ivoire, une charmante fraîcheur, une taille bien prise, une voix céleste ne sont pas ravissans, quel nom donnerez-vous à la beauté ?

IS. Avec quels yeux un père voit ! La peau de satin blanc, est un nankin aussi foncé que j'en ai vu.... pour les yeux, leur plus grand charme est de ne pas loucher.... et les dents ! s'il y en a une d'ivoire, sa voisine est d'ébène : alternativement noires et blanches, comme les touches d'un piano.

JÉR. Voulez-vous m'insulter ?

FERD. Mon père ?

JÉR. Ce juif a l'impudence de dire que votre sœur est laide.

FERD. Il est aveugle ou sot.

IS., (à part). Ah ! ah ! ah ! ils sont bien de la même famille. Il faut m'en tirer comme je pourrai.... (Haut.) Dom Jérôme, avez-vous pris la chose au sérieux ?

JÉR. N'était-ce pas votre intention ?

IS. Pure plaisanterie.

JÉR. Vous croyez donc que Louisa est....

IS. Superbe.

JÉR. Cet accès d'humeur m'a altéré le gosier. Sancho, apportez-moi du meilleur Malaga dans la pièce voisine. Laide ! ah ! ah ! ah ! Ferdinand, je veux absolument que vous buviez au succès de mon ami.

FERD. Au succès *de mon ami*, De tout mon cœur.

SCÈNE VI.

(Le Théâtre représente un des appartemens d'Isaac.)

LOUISA, CARLOS.

CARLOS. Madame, je n'ai pu trouver Antonio, mais je ne doute pas que mon ami Isaac ne l'amène.

LOUISA. Si vous aviez éprouvé combien chaque moment de retard oppresse un cœur qui aime ! Mes yeux me trompent-ils ? Isaac avec Antonio ! je me retire un moment ; je le surprendrai davantage.

SCÈNE VII.

ISAAC, ANTONIO, CARLOS.

ANTONIO. Clara amoureuse de moi !

ISAAC. Carlos, où est la dame ? (Carlos montre une porte,) Ah ! dans la pièce voisine.

ANT. Si elle me fait chercher, c'est pour la conduire chez le plus cher de mes amis.

IS. Que de peine à vous persuader !

ANT. Cela s'arrange-t-il avec votre conscience de supplanter un ami ?

IS. Bah ! la conscience a non plus à faire avec la galanterie qu'avec la politique. Entrez (ouvrant la porte), elle est là... Allons. (il le pousse et ferme la porte à demi) A présent, Carlos, il est pris ; occupé, j'en réponds. Je veux voir... étonné ! confondu !...

CARLOS. Ils rient.

IS. Ils se moquent du cher ami.

SCÈNE VIII.

ANTONIO, LOUISA, ISAAC.

ANTONIO. Cette dame m'a si fort convaincu de vos succès près de dom Jérôme, que je vous cède mes prétentions.

ISAAC. Vous n'avez jamais rien fait de plus sage. Quant à tromper, ce n'est rien du tout. Madame, qu'est-ce que l'amour ? un petit commerce de fourberies.

LOUISA. Je suis ravie que ce soit votre opinion.

IS. Soyez mariés et heureux.

ANT. Nous ne sommes plus rivaux ?

IS. Il faut que je vous confie un secret; j'enlève Louisa cette nuit.

LOU. Et dom Jérôme n'a pas le plus léger soupçon ?

IS. Je l'attrape et j'envahis la fortune de sa fille sans lui reconnaître un ducat.

ANT. Ah ! ah ! ah !

IS. Quels bons éclats de rire dans la maison de dom Jérôme, lorsqu'il apprendra. . . .

IS. Madame, mon ami est à vos ordres. (Il sort.)

LOU. Carlos, conduisez-moi chez ma tante.

ANT. Quel dessein ? . .

LOU. J'ai mes raisons; il ne faut pas que vous soyez vu avec moi ; de là, j'écrirai à mon père : en voyant l'extrémité où il m'a réduite, il pourra me pardonner.

ANT. Je n'espère rien de lui. . . . Louisa, quand serai-je votre époux ?

LOU. Je suis majeure, et nos lois me permettent d'adresser trois sommations respectueuses, de l'asile que j'ai choisi. Venez m'y trouver avant ce soir.

ANT. J'obéis.

LOU. Allons, Carlos.

ACTE III.

SCÈNE PREMIÈRE.

(La Bibliothèque.)

DOM JEROME, UN LAQUAIS.

JÉROME. Louisa s'est échappée avec l'homme que je lui destinais ! Se faire enlever par son propre mari ? . . Impossible ?

LE LAQUAIS. Ils ont trouvé la porte du parc ouverte , et depuis pas de nouvelles. (Il sort.)

JÉR. Rien de plus inconcevable.

UN SECOND LAQ. Monsieur, une lettre. (Il sort.)

JÉR. D'Isaac ! Ceci va m'expliquer. . . (Il lit.) « Très cher » monsieur, vous devez être étonné de ma fuite avec votre » fille ». — Vraiment oui ! et avec quelque raison. — « J'ai » eu le bonheur de gagner son cœur à notre première en- » trevue ». — Oh ! diable ! c'est-il vrai ? — « Mais comme elle » avait malheureusement fait le vœu de ne pas prendre de » mari de votre choix, j'ai été obligé de me prêter à son ca- » price. »   « Votre gendre ISAAC MONDOZA ».

Un caprice ! c'est bien le diable au corps ! ce matin elle vou-lait mourir plutôt que d'être à lui ; et le soir il me l'enlève.

UN TROISIÈME LAQ. Monsieur, on vient d'apporter cette lettre de donna Louisa.

JÉR. Mon très-cher père, « Comment implorer votre pardon, » après une fuite si coupable: comment en avouer le motif ? » Bah ! Isaac ne vient-il pas de me l'apprendre ? On croirait qu'ils n'étaient pas ensemble quand ils m'ont écrit. — « Je suis adorée » de l'homme que j'ai suivi ». — « Si je trouvais votre aveu » dans la réponse que j'attends, rien ne manquerait à mon » bonheur ».   « Votre fille très-affectionnée LOUISA ».

Mon aveu ! tu l'auras. Je ne fus jamais plus content, Louis !

UN VALET. Monsieur.

JÉR. Sancho !

(Tous les domestiques entrent.)

JÉR. Qu'un soupé splendide soit prêt à minuit. Faites venir des musiciens.

UN DOMEST. Oui, monsieur.

JÉR. Je donne une soirée (à son fils qui entre), monsieur voudra-t-il l'honorer de sa présence ? (à part) Toujours agité !

SCENE II.

FERDINAND, LOPEZ.

FERDINAND. As-tu deviné la retraite de Clara ?

LOPEZ. Qu'est-elle devenue ? personne ne peut le dire.

FERD. Butor, elle ne peut pas être hors de Séville.

LOP. C'est ce que j'ai pensé ; butor.... me suis-je dit à moi-même, elle n'a pu partir pour Londres ou pour Paris. Alors.... quelques-uns m'ont assuré qu'elle s'était pendue par amour ; d'autres, qu'Antonio l'avait enlevée.

FERD. C'est faux, coquin !

LOP. J'ai donc mal entendu.

FERD. Sors, et ne te montre pas sans m'en donner de nouvelles.

SCENE III.

ISAAC, FERDINAND.

ISAAC. Louisa est à moi. Qu'Antonio épouse Clara !

FERDINAND. Qu'avez-vous dit ?

IS. Ah ! Ferdinand ! mon beau-frère ou le serez....

FERD. Clara, Clara ?

IS. Vous l'apprendrez. Ce matin j'ai rencontré une belle personne qui, se nommant Clara, m'a demandé protection.

FERD. Comment ?

IS. La cause de sa fuite est l'amour.

FERD. L'a-t-elle avoué ?

IS. Elle m'a supplié d'aller chercher son amant et de l'amener.

FERD. Ne perdons pas un moment. (Il le pousse.) Où est-elle ?

IS. Je l'ai laissée avec lui.

FERD. Vous plaisantez ; je ne l'ai pas vue.

IS. Je l'ai remise à Antonio.

FERD. A Antonio !

IS. Que n'a-t-il pas dit sur l'honneur et la honte de tromper un ami ? mais nous avons surmonté tout cela.

FERD. Retirons-nous pour ne pas nous trahir.

IS. Mais, vous n'avez pas entendu le plus plaisant.

FERD. Que l'enfer vous confonde !

IS. Je croyais vous avoir amusé.

FERD. Dis plutôt, bourreau, tourmenté, torturé. Morbleu !

IS. Seriez-vous l'amant trompé ?

FERD. Si tu n'étais indigne de ma colère, je t'arracherais le cœur. (Il le jette à la renverse.)

IS. Miséricorde ! traiter ainsi son beau-frère.

FERD. Dis-moi quel lieu recèle ces deux perfides.. . . . . (Il tire son épée.)

IS. Au nom du ciel, cher beau-frère....

FERD. Dis promptement.

IS. Ma mémoire fuit, quand je vois une épée nue.

FERD. La vérité, ou je te tue sur l'heure.

IS. Je vais.... je vous dirai tout ; mais quel besoin avez-vous d'écouter l'épée à la main ?

FERD. Là, (il rengaine). Parle.

IS. Eh bien donc, je crois qu'ils sont allés à.... C'est l'ami

Carlos qui me l'a dit.... il a laissé Clara.... cher Ferdinand!...
éloignez ces mains.... chez sa tante, et Antonio devait l'aller
trouver.

FERD. Sauve-toi.... c'est à mon perfide ami d'éprouver ma
vengeance.

IS. Allez le tuer.

FERD. Mais pour Clara, elle n'est pas digne de mon ressentiment.

IS. Elle ne le mérite pas.

FERD. C'est faux; elle serait digne du ressentiment d'un
roi.

IS. Je vous plains de l'avoir perdue.

FERD. Tu as l'insolence de me plaindre!

IS. Oh! cher beau-frère, je vous demande pardon, je ne
vous plains pas du tout.

FERD. Va-t-en! rien que ta nullité peut te sauver.

IS. Quel maudit écervelé que ce beau-frère!

SCENE IV.

(Le Théâtre représente un jardin.)

LOUISA, CLARA, voilée.

LOUISA. Sérieusement, Clara, craignez-vous que mon frère
ne découvre votre retraite?

CLARA. C'est pour le fuir que je suis venue chez votre tante.

LOU. La crainte de vous perdre hier l'enhardit; il faut lui
pardonner. Antonio!

CLA. J'interromprais un entretien si doux. Louisa, avec quelle
vivacité vous tournez les yeux vers lui!

SCENE V.

LOUISA, ANTONIO.

LOUISA. On n'est pas revenu de chez mon père.

ANTONIO. Que pouvons-nous espérer de lui?

LOU. Je crains de vous épouser sans son aveu. La pauvreté
dans un ménage glace l'amour. Veut-on retenir ce dieu volage?
il faut embellir son asile. (Une suivante avec une lettre.)

LA SUIVANTE. Madame.

LOU. (Elle lit). « Ma chère fille, que votre amant soit heu-
» reux! je vous envoie mon consentement pour l'épouser puis-
» que votre caprice l'a choisi. Mais revenez; un festin vous at-
» tend ce soir chez votre père affectionné. »

ANT. A présent vous ne m'opposerez plus de délai ?

LOU. Ne volons-nous pas chez mon père ?

ANT. Qu'un mariage , d'abord , le mette dans l'impuissance de rétracter sa promesse.

LOU. Il faut vouloir tout ce que vous voulez ; je vais vous présenter à mon oncle.

SCENE VI.

CLARA , seule.

Ils sont heureux et moi sans Ferdinand je reste dans cette solitude.... Que vois-je ? c'est lui. Comment a-t-il pu ?... Quel trouble dans ses yeux ! Qu'il ne me reconnaisse pas encore. (Elle baisse son voile.)

SCENE VII.

FERDINAND , CLARA.

FERDINAND. C'est la perfide Clara.

CLARA. (à part). Charmant ! jaloux par erreur.

FERD. Ce déguisement ne peut me la cacher.

CLA. (à part). Je suis ravie de le voir agité.

FERD. (regardant). Suspendue au bras d'Antonio.... Madame, n'est-ce pas Clara qui vient de vous quitter ?

CLA. Clara, seigneur, n'est pas encore sortie de ce jardin.

FERD. Et le jeune homme ?

CLA. Antonio.

FERD. C'est assez.

CLA. (seule). Jamais la jalousie n'a mieux troublé la vue d'un amant.

SCENE VIII.

Les Précédens , ISAAC.

ISAAC. Je viens ici chercher le notaire, pour nous marier.

ANT. Tous deux pour le même objet, à ce que je vois.

UN DOMESTIQUE (à Antonio). Ferdinand vous cherche.

ANT. Je l'apaiserai bien vîte.

IS. Ce maudit chenapan porte l'épée la plus longue.... Restez si cela vous plaît.

SCENE IX.

FERDINAND , ANTONIO , LOUISA.

FERDINAND. Je vous trouve enfin.

ANTONIO. Vous êtes vif, Ferdinand. Il est vrai, je vais épouser celle que j'aime ; mais je n'ai su sa fuite qu'au moment où je l'ai vue ici.

FERD. Elle vous a donc prévenu dans cette trahison ! suivez-moi.

SCENE X.

CLARA, Les Acteurs Précédens.

(Clara et Louisa laissent tomber leurs voiles.)

FERD. Ma sœur !

LOU. C'est moi.

FERD. Clara aussi !

CLARA. Chasser presque une maîtresse !

FERD. Antonio, que je suis honteux !

ANT. On n'a pas aimé sans avoir appris qu'il faut excuser les fureurs d'un amant. Mais allons chez votre oncle et nous expliquerons la cause de cette erreur.

SCENE XI.

(Le Théâtre représente une grande salle.)

DOM JEROME, LOPEZ, VALETS.

DOM JEROME. Que le visage de mes gens annonce la joie ; dites-leur de ne s'enivrer, si c'est possible, qu'après que les maîtres auront soupé.

UN LAQUAIS. Isaac de Mendozza.

JER. Ah ! mon gendre ! où est ma fille ?

IS. La frayeur seule l'empêche d'entrer.

JÉR. Qu'elle vienne !

SCENE XII.

DOM JEROME, ISAAC, LA DUÈGNE, Se précipitant aux pieds de Jérôme.

JÉROME. Viens dans mes bras, ma. . . (Il recule.) C'est le diable !

ISAAC. Allons, dom Jérôme, vous avez promis de lui pardonner. Voyez la chère enfant ! comme elle s'évanouit.

JÉR. Oh ! TRÈS-ÉVANOUIE... où est ma fille ?

IS. Là. . ., madame. . .

JÉR. Madame ! vous n'avez pas épousé la Duègne ?

LA DUÈGNE, (à genoux.) Mon cher papa, vous ne voudrez pas désavouer. . .

JÉR. Papa ! papa !

LA D. Ah ! monsieur, pardonnez-moi. (*Elle l'embrasse.*)

JÉR. Au secours !

LES DOMESTIQUES. Qu'est-ce ?

JÉR. Ce maudit juif ramène la Duègne pour m'étrangler.

SCENE XIII.

ANTONIO, LOUISA, LES ACTEURS PRÉCÉDENS.

JÉROME. Qui êtes-vous ?

ISAAC. C'est Antonio, et voilà la dame que j'ai amenée chez lui, ce matin.

JÉR. C'est ma fille !

IS. Qu'entends-je !

LA DUÈGNE. Dom Jérôme, vous avez commis ce matin une petite erreur ; vous avez mis votre fille à la porte, et enfermé sous clef votre très-humble servante.

IS. ô Dieu ! ô Dieu !

LA D. Restée seule, j'eus le bonheur de plaire à ce cher mari.

IS. Et vous croyez que je serai votre époux ?

ANT., (le contrefaisant). Tromper en amour, bagatelle !

IS. Que toutes les plaies d'Egypte tombent sur vous ! Croyez-vous que je me soumette. . . .

ANT. Résignez-vous, Isaac, ou vous éprouverez dans le monde qu'il n'est pas de plus grand sujet de mépris qu'un fripon dupe de ses artifices.

IS. Que m'importe ? . . . Dom Jérôme, vous avez eu un tel entêtement sur la beauté de celle que vous teniez enfermée, et cela, pendant que je soutenais moi, qu'elle était plus laide que le diable !

LA D. Vous parlez de laideur ! Vous dont les joues plissées feraient honte au visage d'un singe empaillé. Mais j'ai un frère qui porte l'épée. . .

IS. Je courrais jusqu'en Palestine pour t'éviter.

LA D. Fuis, fuis ; je te poursuivrais aux enfers. (*Elle sort.*)

SCENE XIV.

JÉROME, LOUISA, ANTONIO.

JÉROME. Louisa, vous êtes-vous en effet mariée ?

LOUISA. Pour vous obéir, mon père.

ANTONIO. Votre consentement est là, signé de votre main.

JÉR. M'enlever mon enfant, avec ce faux prétexte ! Pensez-vous que vous aurez sa fortune ?

ANT. Je rougirais de l'obtenir par une surprise. (Il lui rend sa lettre.) Ne lui donnez pour dot que votre bénédiction, et je lui assure, en retour, le peu que je possède.

JÉR. Certes, le trait est rare ; mais croyez-vous d'être seul capable d'une action généreuse ? Louisa, dis à ce seigneur orgueilleux qu'il est le seul qui renonçât à ta dot ; aussi, de tes prétendans en est-il le plus digne. Je suis entêté quand j'ai tort, et jamais obstiné quand j'ai raison.

SCENE XV.

FERDINAND, CLARA, LES AUTRES ACTEURS.

JÉROME. Mon fils de retour pour la noce de sa sœur !

FERDINAND. Et pour la mienne, mon père. Vous voyez Clara, fille de dom Gusman.

JÉR. Avec une grande fortune et jolie ! (Il l'embrasse.) Venez près de moi, avec ce sourire.

CLARA. Soyez toujours bon avec nous.

JÉR. Et du caractère ! Sancho, Carlos. . . la fête ! Jeunes et vieux, réunissons-nous, le concert et le bal nous attendent.

FIN DE LA DUÉGNE.

MÉDISANCE ET SCANDALE, comédie en cinq actes, de Shéridan, traduite par M. de Châteauneuf, chez A. Leroux, rue Neuve-St.-Augustin, n° 6.

Des directeurs nous ont écrit que cette pièce est difficile à monter ; s'ils s'étaient procuré la seconde édition, ils auraient vu l'unité de lieu observée dans les trois premiers actes ; au quatrième et dernier, il suffit de deux toiles qui représentent, tour à tour, une chambre et un salon, sans pousser les chassis des coulisses.

Quant aux rôles, nous transmettrons les conseils d'un des premiers acteurs de Londres :

MILORD TIZLÉ doit unir des airs de grandeur à la bonhommie. Habit brodé, toupet, aîles de pigeon. Rôle à manteau.

MILADI TIZLÉ, Grande-Coquette.

SURFACE, hypocrite ; son frère Charles étourdi, les jambes avinées.

MILADI ALTON, très-emportée. Caractère.

MILADI CANDOR, médisante avec un ton affectueux de bonté. Soubrette.

MARIA, Jeune ingénue, mais décidée.

SIR OLIVIER, ironique, railleur. Premier comique.

GUEP, journaliste et usurier. La figure allongée.

Le quatrième acte produit le plus grand effet. La scène du paravent est incomplète dans toutes les imitations*. MILADI TIZLÉ doit se couvrir le visage de ses deux mains et s'avancer avec lenteur vers son mari pour lui répondre. Nous avons vu les premières actrices de Londres prolonger CE MOMENT D'ANXIÉTÉ, à la fois curieux et terrible.

Le succès DE MÉDISANCE ET SCANDALE EN CINQ ACTES a été aussi populaire dans plusieurs villes de France qu'en Angleterre. LE TARTUFE DES MOEURS n'est qu'une imitation très-éloignée. Chéron n'a pris à Shéridan que la scène de la vente des tableaux, qui fait à peine le quart du quatrième acte : il n'a copié que la moitié de la scène du paravent. On ne trouve point chez lui ni la scène des caquets, ni les querelles de la femme et du mari, ni les caractères si comiques du juif, de la prude, de la médisante, de la coquette, du satyrique, du méchant, du libelliste, etc. Cette pièce de Chéron, estimable, mais froide, ne produit pas plus d'argent en province, qu'à la Comédie française, où j'ai vu trois cents spectateurs, à deux représentations assez éloignées.

---

* Le paravent, entr'ouvert par Charles, doit tomber avec fracas.

Il faut se garder de confondre MÉDISANCE ET SCANDALE EN CINQ ACTES avec L'ÉCOLE DU SCANDALE, croquis qui n'offre pas même l'ombre de l'original. L'ARRANGEUR, qui ne sait pas un mot d'anglais, s'est approprié des passages qui ne sont pas dans Shéridan. Il a fait de milord un bourgeois tout rond, et de la brillante miladi une élégante de la rue Mouffetard. Les badauds des faubourgs qui ne connaissent que les caricatures des théâtres du boulevard crurent voir là des mœurs anglaises. On publia dans une feuille littéraire que ma traduction de Shéridan détestable avait été sifflée au théâtre de Nantes, ce que j'aurais pu LÉGALEMENT faire rétracter ; le journal de cette ville, à la main, qui dit au contraire que : « Le succès DE MÉDISANCE ET SCANDALE avait été confirmé par de nombreux applaudissemens ».

J'ai vu, dans une ville de province, représenter LE TARTUFFE DES MOEURS et MA TRADUCTION le jour suivant comme objets de comparaison. Quelques Anglais présens, ne pouvaient concevoir qu'on eût mis en vers le chef-d'œuvre de Shéridan, qui n'a pas besoin DE CE VAIN ORNEMENT * ; ils me pardonnaient encore moins d'avoir supprimé un tiers du dialogue de l'original, qui a trois mille lignes, et dont la représentation dure trois heures ; la traduction française n'emploie qu'une heure et demie. J'observerai, en passant, que toute pièce en cinq actes, qui passe seize cents vers, fatigue l'attention du public. LE JALOUX DÉSABUSÉ, par Campistron, n'a que douze cents vers. On s'en aperçoit moins de la froideur de l'ouvrage.

REMARQUE POUR LES ACTEURS QUI N'ONT PAS LA SECONDE ÉDITION.

J'ai substitué au nom TRÈS ANGLAIS de Miladi Sneerwell celui plus sonore de Miladi Alton.

Guep libelliste, Moïse usurier, Backbite satyrique et Carle l'ivrogne ne sont plus que deux personnages. Le Jockey est joué par une femme dans les troupes peu nombreuses. Il faut cinq actrices et six acteurs. Il y en avait seize, avant les corrections. Les petits théâtres ont été reduits à ne jouer que LE CROQUIS A RITOURNELLES de la Porte St.-Martin.

J'invite les directeurs à adopter ces changemens. L'intrigue est plus rapide, et les acteurs seront plus applaudis.

---

* Toutes les comédies anglaises sont en prose.